Para Sophie

First published in the United States and Canada in 2008 by North-South Books,
an imprint of NordSüd Verlag AG, CH-8005 Zürich, Switzerland.
First Spanish language edition published in 2010 by Ediciones Norte-Sur, an imprint of
NordSüd Verlag AG, CH-8005 Zürich, Switzerland.
Spanish translation copyright © 2010 by Ediciones Norte-Sur.
Translated by Eida de la Vega.
Distributed in the United States by North-South Books Inc., New York 10001.

Library of Congress Cataloging-in-Publication Data is available.

Printed in China by Leo Paper Products Ltd., Heshan, Guangdong, July 2010.

ISBN 978-0-7358-2314-3 (Spanish paperback edition)
1   3   5   7   9   SP   10   8   6   4   2

www.northsouth.com.

Nilo se va a la cama

Marcus Pfister

NorteSur

New York

—Es hora de comer, Nilo —dice papá.

—Todavía no —dice Nilo. Está ocupado jugando.

—¿Vas a jugar conmigo, papá? —le pregunta.

—Después de la cena, Nilo, cariño —dice papá.

Cuando al fin se sienta a la mesa,

Nilo empieza a jugar con la comida.

—Come, Nilo —dice papá—.

Así te pondrás grande y fuerte.

—¿Y jugamos después? —pregunta Nilo.

—En cuanto te cepilles los dientes —dice papá.

A Nilo le gusta cepillarse los dientes.

No tiene muchos.

—Muy bien, Nilo —dice papá.

—¡A JUGAR! —grita Nilo.

Nilo corre por la alfombra.

—¡A que no me puedes atrapar!

Papá se ríe: —¡Allá voy!

Cuando papá logra atrapar a Nilo, lo mete en la bañera.

—Te restriego por aquí, te restriego por acá —dice papá.

A Nilo le gusta bañarse. Le gustan las burbujas.

A su patito de goma también le gustan las burbujas.

—Ahora vamos a jugar al escondite —dice Nilo.

Se tapa los ojos y cuenta.

—1... 2... 3...4... ¡5-6-7-8-9-10!

¿Dónde está papá?

¡Aquí está!

—¡Te encontré! ¡Te encontré! —grita Nilo.

—¡Sí, sí! —dice papá.

Y lanza a Nilo por los aires.

—¡Ganaste, ganaste! —dice papá— ¡Eres el mejor!

Ahora, a la cama.

—No —dice Nilo—, todavía no. Hazme un cuento.

Así que papá le lee *El gran picnic del hipopótamo*

y *La nana del hipopótamo* y *Buenas noches, hipopótamo.*

Papá bosteza y dice: —Ahora, a la cama.

—Todavía no —dice Nilo—. Vamos a bailar un poco.

Nilo y papá bailan la danza de los saltos

y la danza de los abrazos

y la danza de las vueltas y vueltas y más vueltas.

—Ahora, a la cama, Nilo —dice papá.

—Todavía no —dice Nilo—. Tengo sed.

Papá le trae un vaso de agua.

—Ya es hora de acostarse, Nilo —dice papá.

—Todavía no —dice Nilo—. Tengo que ir al baño.

—Ahora a la cama —dice papá.

Nilo se sube a las piernas de papá.

—Primero, cántame una canción —dice.

Papá canta "Buenas noches, mi lindo Nilo".

Entonces Nilo canta "Brilla, brilla, estrellita".

Papá lanza un enorme bostezo.

Papá le da a Nilo un beso de buenas noches.

—Me voy a acostar un rato contigo —le dice.

Se acurrucan uno junto a otro.

—Que sueñes con los angelitos, Nilo —dice papá,

y enseguida se queda profundamente dormido.

Nilo se acurruca más contra su papá.

—Buenas noches, papá —dice Nilo—.

Mañana podemos jugar un poco más.